para Constantin - ST
para Ellen - HS

Título original: *We Have Lift-Off!*
©Texto: Sean Taylor
© Ilustración: Hannah Shaw

Traducción del inglés: Marc Barrobés i Meix

Primera edición en castellano: marzo de 2014
© 2013 Frances Lincoln Limited, Londres
© 2014, de la presente edición, Takatuka SL
Takatuka/Virus editorial, Barcelona
www.takatuka.cat

Maquetación e impresión: El Tinter, empresa certificada ISO 9001, ISO 14001 y EMAS

ISBN: 978-84-16003-09-9

Depósito legal: B. 2348-2014

¡DES-PE-GAN-DO!

Sean Taylor

Ilustraciones de
Hannah Shaw

TakaTuka

Estáis contemplando a la primera gallina
en el espacio exterior, que fui yo.

El caso es que yo vivía en la
granja del señor García.
Y la verdad es que estaba hecha
UN AUTÉNTICO VERTEDERO.

El señor García contaminaba el aire con humo...

y llenaba el río de basura...

y cortaba todos los árboles...

y a los animales nos amontonaba en un establo ruinoso.

¡Y, en cambio, su casa no dejaba de CRECER

y **CRECER**

y **CRECER!**

Los animales ya no podíamos aguantar más.

Así que nos reunimos en un lugar supersecreto
para ver si había algo que pudiéramos hacer.

Y decidimos
hacer algo...

Construimos un cohete intergaláctico para poder escapar lejos del señor García hacia las **ESTRELLAS BRILLANTES Y RESPLANDECIENTES.**

Era un plan complicado. Pero, si funcionaba, estábamos seguros de que correría la noticia. ¡Entonces, los ANIMALES DEL MUNDO ENTERO empezarían a hacer LO MISMO! Porque, digámoslo claro, los animales ya estábamos hartos de intentar compartir nuestro planeta con las ***personas***.

EL PLAN

* BASURA RECICLADA

GENTE DE LA TIERRA = DEMASIADA BASURA

* CONSTRUIR COHETE

HUIDA DE LOS ANIMALES

VUE

$$Z = \frac{X y^2 \times 200,00000}{\sqrt{50,00101}}$$

El cerdo que diseñó el cohete calculó que era lo bastante resistente para llevarnos a todos. Aunque dijo que alguien tendría que hacer un VUELO DE PRUEBA.

¡Y así fue como me eligieron a mí!

Me dieron botas lunares, un casco espacial y un mapa. Y provisiones de **cereales** que parecían suficientes para toda una vida.

Me enseñaron el botón de ENCENDIDO (que se suponía que tenía que pulsar para despegar).

ENCENDIDO

EMERGENCIA ABANDONAR MISIÓN

Y el botón de EMERGENCIA ABANDONAR MISIÓN (que se suponía que no tenía que pulsar si no era por una emergencia).

Y entonces,
5 - 4 - 3 - 2 - 1......
¡DESPEGANDO!

¡Hacia arriba que me fui... dejando atrás la basura y el desorden de la granja del señor García!

Al principio, todo iba bien.

Tenía contacto por radio
con la directora de Vuelos del
CONTROL DE MISIÓN ANIMAL.
¡Iba CAMINO
DE LAS **ESTRELLAS!**

Pero hubo un problema.

Había cogido el mapa
boca **abajo**.

Y, de repente, el cohete se dirigió
de vuelta hacia nuestro planeta

Había que hacer otro VUELO DE PRUEBAS y, esta vez, el elegido fue un conejo muy listo.

Se puso las botas lunares y un casco espacial.

Le dimos un mapa y una caja grande de zanahorias.

Y entonces,
5 - 4 - 3 - 2 - 1.....
¡DESPEGANDO!

¡Hacia arriba se fue el conejo...
alejándose del humo y la polución
de la granja del señor García!

Al principio, todo iba bien.
¡El conejo iba CAMINO
DE LAS **ESTRELLAS**!

Pero hubo un problema.

Creo que el conejo se
puso nervioso.

Empezó a comer zanahorias
a toda **prisa**...

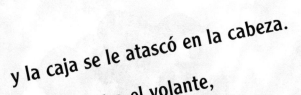

y la caja se le atascó en la cabeza.

Chocó contra el volante,
el cohete cambió de rumbo
y volvió atrás.

–**¡NO VUELVAS!**
–gritó la directora de Vuelos.

Demasiado **tarde.**
El conejo no podía sacarse la caja,
y ya solo podía ir hacia

abajo.

Aún teníamos que hacer un
VUELO DE PRUEBAS exitoso,
así que elegimos a una oveja
muy tranquila.

Le dimos botas lunares,
un casco espacial, un mapa y
provisiones de hojas de col
en **CAJITAS** que no
podían atascarse
en su cabeza.

Al principio, todo iba bien.
¡La oveja iba CAMINO
DE LAS **ESTRELLAS**!

Pero hubo un problema.

La oveja se durmió.
Y lo que es peor, apoyó
la cabeza sobre el botón de
EMERGENCIA
ABANDONAR MISIÓN
y el cohete giró
automáticamente.

–¡Por todos los cencerros! –grit
la directora de Vuelos.

–¡NO
VUELVAS!

Demasiado **tarde.**

La oveja se había dormido

y ya solo podía ir **hacia abajo.**

Y fue entonces cuando vino el señor García
para averiguar qué era todo ese alboroto.

¡Y DESCUBRIÓ
EL COHETE!

Le debió de parecer
divertido... porque
se rio. Y luego entró
a mirar adentro, como
si fuera suyo.

Pero los que reímos fuimos nosotros porque,
sin darse cuenta, pulsó el botón de ENCENDIDO.

Entonces,

5 - 4 - 3 - 2 - 1.....

¡DESPEGANDO!

No era lo que habíamos planeado.
Aunque, de hecho, fue mejor que
tratar de escapar en el cohete.

Y corrió la noticia.

Ahora, hay ANIMALES DE TODO EL MUNDO
construyendo cohetes intergalácticos y enviando
a la gente como el señor García a las estrellas.

Así que si eres una de esas personas que
estropea nuestro planeta... ¡TEN CUIDADO!

¡Tú podrías ser el siguiente!

ÚLTIMA HORA